MW00889380

Bine ați venit în lumea poveștilor de noapte bună, unde visele prind aripi și fiecare seară devine magică !

Dragi părinți,

Această carte este o colecție de povestiri liniștitoare, pline de farmec și lecții valoroase, special create pentru copiii cu vârste de la 3 ani. În aceste pagini, copiii vor descoperi aventurile unor personaje simpatice prietenoase și curajoase.

Fiecare poveste a fost scrisă cu gândul de a aduce liniște și fericire înainte de culcare, invitându-i pe cei mici într-o lume a imaginației, unde își pot face noi prieteni și pot învăța valori importante, precum prietenia, cumpătarea și generozitatea.

Lectura de seară devine astfel nu doar un ritual de calmare, ci și o oportunitate de a discuta cu copiii despre bunătate, curaj și respect pentru ceilalți și pentru natură. În paginile acestei cărți, fiecare poveste este scurtă și ușor de citit, fiind perfectă pentru a crea o atmosferă caldă și reconfortantă înainte de somn.

Invitați-vă copiii în această călătorie magică și oferiți-le o noapte bună plină de vise frumoase. Această carte este mai mult decât o simplă lectură de seară – este un dar al timpului petrecut împreună, o ocazie de a construi amintiri și de a încuraja dragostea pentru lectură încă de la o vârstă fragedă.

Lectură placută !

Cuprins :

PISICUȚA CARE VISA LA STELE

A fost odată o pisicuță mică și pufoasă pe nume Mia. Mia trăia într-o căsuță caldă și primitoare, dar avea un vis mare : dorea să ajungă până la stele. În fiecare noapte, Mia se uita pe fereastră și vedea stelele strălucitoare pe cerul întunecat. „Ce frumos ar fi să le ating !", își spunea pisicuța cu ochii mari.

Într-o noapte, Mia s-a hotărât. A sărit pe pervazul ferestrei și s-a gândit : „Dacă sar suficient de sus, poate voi ajunge la stele !". Și a sărit, și a sărit… dar stelele erau tot acolo, sus, departe.

Mia nu s-a descurajat. A continuat să viseze și să sară în fiecare noapte, dar stelele erau prea sus pentru lăbuțele ei mici. Atunci, într-o noapte liniștită, luna i-a vorbit:
– Mia, de ce încerci să ajungi la stele ?
– Vreau să le ating, să le simt cum strălucesc, a spus Mia cu o voce curioasă.

Luna a zâmbit și a spus cu blândețe :
– Stelele sunt frumoase de privit, dar locul tău e aici, pe Pământ, alături de prietenii tăi. Poți visa la stele și ele vor fi mereu acolo să te lumineze.

Pisicuța s-a gândit și a zâmbit. Luna avea dreptate. Mia nu avea nevoie să atingă stelele pentru a le simți frumusețea. Ele erau mereu acolo pentru a-i veghea somnul.

De atunci, în fiecare noapte, Mia se așeza la fereastră, privea stelele și își imagina că dansează printre ele. Și așa, adormea fericită, visând la cerul plin de stele.

Sfârșit.

BALONUL ZBURĂTOR

A fost odată un balon roșu și strălucitor, care plutea fericit într-un parc plin de copii. Se numea Bobi.

Bobi îi plăcea să plutească deasupra copiilor care alergau, râdeau și se jucau. Se simțea liber și ușor ca vântul.

Într-o zi, un băiețel pe nume Luca a prins sfoara lui Bobi și a ținut-o strâns. Luca era foarte fericit să aibă un balon roșu care zbura în jurul său.
– O să te iau cu mine acasă ! a spus Luca.

Bobi era încântat și abia aștepta să vadă unde îl va duce Luca. Însă, când au ajuns lângă casă, un vânt puternic a început să sufle.

Vântul a ridicat balonul sus în aer și… „Zuuuup !", Bobi s-a desprins de mânuța lui Luca și a început să zboare.

Bobi s-a înălțat și s-a înălțat, plutind deasupra caselor, copacilor și chiar norilor. Era o aventură nemaipomenită ! Bobi se simțea liber și fericit, dar în același timp se întreba unde va ajunge.

După ce a zburat mult timp, Bobi a văzut un alt balon colorat care plutea pe cer.
– Bună ! Cum te cheamă ? a întrebat Bobi.
– Eu sunt Flo, balonul albastru ! a răspuns balonul zâmbind.

Cele doua baloane au început să plutească împreună, dansând pe vânt. Au trecut peste dealuri verzi, râuri limpezi și au văzut păsări care cântau fericite. Bobi și Flo au devenit prieteni buni.

Dar după o vreme, Bobi a început să se gândească la Luca. Oare era supărat că l-a pierdut ? Bobi își dorea să se întoarcă la băiețelul care îl iubea atât de mult.

– Vreau să mă întorc la Luca, a spus Bobi lui Flo.

Flo a zâmbit și a spus :

– Atunci hai să ne lăsăm purtați de vânt înapoi !

Și, ușor-ușor, vântul i-a purtat înapoi spre casa lui Luca. Când Bobi a ajuns, Luca era afară, privind cerul.

– Bobi ! Urrraaaa.... Te-ai întors ! a strigat Luca fericit.

Luca a prins sfoara lui Bobi din nou și, de atunci, nu l-a mai lăsat să zboare departe. Bobi era fericit că și-a găsit prietenul înapoi și, împreună, au continuat să se joace și să râdă în fiecare zi.

Sfârșit.

IEPURAȘUL CURIOS ȘI PĂDUREA FERMECATĂ

Într-o dimineață însorită, un iepuraș mic pe nume Tobi s-a trezit foarte curios. Auzise de la animalele din pădure că undeva, adânc în inima pădurii, se află un loc fermecat. Se zvonea că acolo totul strălucește, iar florile vorbesc.

– Oare e adevărat ? a întrebat Tobi. Vreau să aflu !

Cu urechile mari și coada pufoasă, Tobi a pornit în aventură. A sărit peste bușteni și a trecut prin tufișuri, dar pădurea devenea tot mai deasă. Păsările cântau frumos, iar vântul adia printre frunze.

După ce a mers ceva timp, Tobi a ajuns la o poiană. Și ce să vezi ? Totul strălucea ! Florile erau atât de colorate, încât păreau că zâmbesc. Copacii dansau ușor în bătaia vântului, iar un râuleț cristalin cânta o melodie liniștitoare.

– Wow ! Cred că am ajuns în Pădurea Fermecată ! a spus Tobi cu ochii mari de uimire.

Dintr-o dată, una dintre flori, o margaretă mare și albă, a început să vorbească :

– Bine ai venit, micuțule iepuraș ! Ce cauți în această parte a pădurii ?

Tobi a sărit uimit, dar și entuziasmat.
– Am auzit despre acest loc magic și am vrut să văd dacă e adevărat ! a spus Tobi.

– Este adevărat, a răspuns floarea. Aici, fiecare plantă și fiecare animal trăiește în armonie. Noi vorbim, dansăm și ne bucurăm de fiecare zi !

Tobi s-a așezat pe o piatră mică și a privit în jur. Era minunat. Florile dansau ușor în bătaia vântului, iar copacii cântau o melodie liniștitoare.

Tobi s-a simțit atât de relaxat și fericit.

– Mi-ar plăcea să trăiesc aici, a spus Tobi cu un zâmbet larg.

Floarea a zâmbit și i-a răspuns:
– Ne bucurăm că ai venit în vizită, Tobi ! Dar nu uita, și pădurea ta e specială. Acasă ai prieteni care te așteaptă și multe locuri frumoase de descoperit.

Tobi a înțeles și și-a luat rămas-bun de la floare și de la Pădurea Fermecată. În drumul înapoi spre casă, iepurașul a realizat că fiecare colțișor al pădurii era special. Și-a dat seama că magia poate fi găsită oriunde, dacă privești cu atenție.

Și așa, Tobi s-a întors acasă fericit, pregătit să împărtășească prietenilor lui aventura minunată pe care a trăit-o.

Sfârșit.

Era odată ca în povești, era ca niciodată o Bufniță Înțeleaptă. Într-o noapte liniștită și senină, când luna strălucea pe cer ca o perlă uriașă, bufnița Otilia stătea pe o creangă înaltă și privea cerul cu ochii ei mari și curioși...

Sus, pe creanga ei preferată, Otilia observa cum luna se ridica tot mai sus pe cer, luminând întreaga pădure. Otilia era cunoscută de toate animalele pentru înțelepciunea ei, dar chiar și ea avea întrebări. De ce luna strălucea atât de frumos ? Și oare ce secrete ascundea ?

În acea noapte magică, luna a decis să-i răspundă la întrebări. Cu o voce blândă, luna i-a șoptit :
– Bună seara, Otilia. De ce mă privești cu atâta curiozitate ?
Bufnița s-a oprit pentru un moment, surprinsă și a zâmbit.

– Bună seara, Lună strălucitoare. Mă întreb mereu cum de poți să luminezi noaptea atât de frumos. Ești atât de misterioasă. Oare ai vreun secret pe care îl ascunzi ?

Luna a zâmbit din cer și a răspuns cu blândețe :
– Ah, Otilia, am multe secrete. Dar unul dintre cele mai frumoase este că strălucesc doar pentru cei care mă privesc cu dragoste și bucurie. Lumina mea vine din inimile celor care mă admiră.

Bufnița a clătinat ușor din cap, gândindu-se la cuvintele lunii.
– Așadar, lumina ta este mai puternică datorită celor care te privesc ?

– Da, exact, a răspuns luna. Fiecare inimă care mă privește îmi dă puțin din lumina ei. Animalele, oamenii, toți cei care mă admiră contribuie la strălucirea mea.

Otilia a zâmbit, înțelegând în sfârșit misterul lunii. De atunci, în fiecare noapte, bufnița privea luna cu și mai multă dragoste, știind că și ea ajută la strălucirea nopții.

Și astfel, cerul nopții devenea și mai frumos pentru toți cei care visau sub lumina blândă a lunii.

Sfârșit.

Era odată ca în povești, era ca niciodată un fluturaș mic și timid pe nume Luni. Într-o zi însorită, când ploaia tocmai se oprise, micuțul Luni a văzut pentru prima dată un curcubeu strălucitor...

Curcubeul se întindea de la un capăt al cerului la celălalt, cu toate culorile lui frumoase. Luni privea uimit, neștiind ce să creadă.

– Ce frumos e ! a spus Luni cu o voce mică. Oare cum e să zbori printr-un curcubeu?

Fără să mai stea pe gânduri, fluturașul s-a apropiat de curcubeu, bătând din aripioarele lui delicate.

Curcubeul părea atât de aproape, dar și puțin misterios.

Pe măsură ce Luni se apropia, a auzit o voce blândă :
– Bun venit, fluturaș curajos, a spus Curcubeul. De ce ai venit aici ?

Luni a zâmbit, ușor timid.
– Vreau să văd cum e să zbor printre culorile tale. Sunt atât de frumoase ! a spus el.

Curcubeul a zâmbit vesel și a răspuns:
– Dacă ești atât de curios, poți să zbori prin mine. Dar îți voi da și un dar special. Fiecare culoare pe care o vei atinge te va învăța ceva minunat.

Luni și-a luat inima în dinți și a început să zboare printre culorile curcubeului. Mai întâi a trecut prin roșu și a simțit cum inima lui se umple de curaj. Apoi a zburat prin portocaliu și a simțit o bucurie caldă, ca razele soarelui.

Pe măsură ce Luni trecea prin galben, a simțit o lumină interioară care îi făcea aripile să strălucească. La verde, s-a simțit liniștit și fericit, iar la albastru a simțit că poate zbura mai sus decât oricând.

Când a ajuns la violet, Luni a simțit o pace adâncă și o dorință de a împărtăși cu toată lumea frumusețea pe care a descoperit-o.

Când a ieșit din curcubeu, Luni s-a privit în oglinda unui lac și a văzut că aripile lui erau acum pline de toate culorile curcubeului.

– Mulțumesc, Curcubeule ! a spus Luni cu recunoștință. De acum înainte, voi zbura peste tot și voi arăta tuturor cât de frumoase sunt culorile tale.

Curcubeul a zâmbit și a spus:

– Tu, Luni, ești acum un mesager al frumuseții mele. Du culorile mele în lumea întreagă și bucură-i pe toți !

Și astfel, fluturașul colorat a zburat peste câmpuri, păduri și râuri, lăsând o urmă de culoare și bucurie în urma lui. Oriunde ajungea, toți îl priveau cu uimire și bucurie, pentru că Luni purta acum frumusețea curcubeului în aripile sale.

Sfârșit.

PEȘTIȘORUL CURAJOS ȘI MAREA ALBASTRĂ

A fost odată ca-n povești, un peștișor mic și strălucitor pe nume Bubi, care trăia într-un colț liniștit al Marii Albastre. Bubi era curios din fire și îi plăcea să exploreze fiecare colțișor al oceanului...

Într-o zi, Bubi a văzut o alge verde și strălucitoare pe care nu o mai întâlnise până atunci. Fără să stea pe gânduri, a înotat după ea, visând să descopere ceva nou și fascinant.

Pe măsură ce înota tot mai departe, Bubi nu și-a dat seama că s-a rătăcit. În jurul lui, oceanul devenea tot mai adânc și mai întunecat.

– Oh, unde sunt ? a spus Bubi cu o voce mică. Nu-mi mai recunosc drumul înapoi !

Peștișorul nostru mic era speriat, dar își adună curajul și decise să înoate mai departe, sperând să găsească ceva familiar.

După un timp, Bubi întâlni o caracatiță prietenoasă, cu tentacule lungi și ochi blânzi.
– Bună, micuțule, te-ai rătăcit ? a întrebat caracatița cu o voce caldă.

Bubi a dat din codiță și a răspuns:
– Da... Am plecat de acasă ca să explorez, dar acum nu mai știu cum să mă întorc.

Caracatița a zâmbit și a spus:
– Nu-ți face griji, micuțule. Eu sunt Tina, și cunosc bine această parte a oceanului. Îți voi arăta drumul înapoi.

Bubi era foarte fericit să o întâlnească pe Tina și a simțit că nu mai este singur. Împreună, au început să înoate prin apele adânci și întunecate. Tina îi povestea lui Bubi despre peșterile de corali, stelele de mare și algele colorate care cresc în acea parte a oceanului.

Pe drum, au întâlnit și un banc de pești colorați care dansau în jurul lor, iar Bubi a zâmbit, simțindu-se mai curajos și mai puternic.

În cele din urmă, după o călătorie plină de aventuri, au ajuns într-un loc pe care Bubi îl recunoștea.

– Aici e casa mea ! a spus Bubi cu ochii strălucind de bucurie.

Tina a zâmbit și i-a spus:

– Vezi, Bubi ? Ai fost curajos și ai învățat multe. Oriunde ai merge, poți să găsești prieteni și să te simți în siguranță.

Bubi i-a mulțumit Tinei și s-a simțit mândru de aventura lui. De atunci, micul peștișor a continuat să exploreze, dar de fiecare dată știa că, dacă va avea nevoie, oceanul îi va oferi prieteni care să-l ajute.

Și astfel, Bubi a adormit fericit, visând la Marea Albastră și la toate minunile care o așteaptă.

Sfârșit.

LEUL ȘI PRIETENUL DIN SAVANA

A fost odată ca-n povești, un leu pe nume Leo, cunoscut de toate animalele din savană pentru curajul și puterea sa. Leo își petrecea zilele explorând savana, dar, în adâncul inimii, simțea că îi lipsește ceva...

Într-o dimineață, Leo stătea sub un baobab uriaș, gândindu-se la aventurile lui. Fusese peste tot, de la dealurile însorite până la râurile răcoroase, dar, de fiecare dată, era singur.

– Ce-aș da să am un prieten adevărat, spuse Leo cu un oftat.

Pe când se gândea la dorința lui, un zgomot ușor de pași i-a atras atenția. Din iarbă a apărut un elefănțel mic, care părea puțin pierdut, dar foarte curios. Leo l-a privit atent, fără să spună nimic.

Elefănțelul nu părea deloc speriat și s-a apropiat cu încredere.

– Bună ! Eu sunt Tico ! spuse elefănțelul, dând din trompă vesel.

Leo a zâmbit surprins și i-a răspuns :
– Eu sunt Leo, leul. Dar... nu ți-e teamă de mine ? Sunt mare și puternic !
Tico a râs și a spus :
– Nu, nu mi-e teamă ! Știu că leii sunt curajoși, dar pot fi și buni. Tu pari prietenos !

Leo a fost uimit. Nimeni nu se apropiase de el cu atâta încredere. Elefănțelul părea mic și firav, dar avea o inimă mare și un curaj special.
– Vrei să mergem împreună prin savana ? a întrebat Tico. Am auzit că râul de pe partea cealaltă a savanei are apă cristalină și multe păsări colorate.

Leo a acceptat cu bucurie, iar cei doi au pornit împreună spre râu. Pe drum, Leo îi povestea lui Tico despre locurile frumoase din savană, iar Tico îl asculta cu ochii mari de uimire.

Când au ajuns la râu, Tico s-a bucurat să vadă păsările colorate care cântau și să se joace în apa limpede. Leo îl privea și simțea inima plină de bucurie, pe care nu o mai trăise până atunci. Se simțea complet.

După o vreme, când soarele începea să apună, cei doi prieteni s-au așezat pe malul râului, privind cum cerul se umplea de culori. Leo s-a întors spre Tico și i-a spus cu recunoștință :

– Tico, mulțumesc că mi-ai devenit prieten. N-am mai avut pe nimeni alături în aventurile mele, dar cu tine totul a fost mult mai frumos si interesant.

Tico a zâmbit și i-a răspuns:

– Prietenii fac fiecare zi mai bună, Leo. Să știi că voi fi mereu aici pentru tine.

Și astfel, Leo și Tico au devenit cei mai buni prieteni, împărțind fiecare aventură din savana vastă și învățând împreună despre curaj, bunătate și frumusețea prieteniei adevărate.

Sfârșit.

A fost odată, într-o pădure liniștită, un greieraș mic și timid pe nume Tili.

Tili iubea să cânte, dar de fiecare dată când începea să-și cânte melodiile, își făcea griji că îl va asculta cineva...

Într-o seară cu lună plină, când toate animalele dormeau, Tili stătea pe o frunză mare, gândindu-se dacă ar trebui să cânte sau nu. Deși își dorea din tot sufletul să-și lase cântecul să zboare, îi era teamă că alte animale ar putea să râdă de el.

Tocmai atunci, o lumină strălucitoare a luminat spre Tili. Era Luna, mare și plină, care îi zâmbea de pe cer.
– De ce ești atât de trist, micuțule greieraș? a întrebat Luna cu o voce blândă.

Tili s-a fâstâcit puțin, dar a răspuns :
– Îmi place să cânt, dar mi-e teamă că ceilalți nu vor aprecia cântecul meu. Poate că nu sunt suficient de bun.

Luna a zâmbit și i-a spus :

– Fiecare cântec e special, la fel ca fiecare rază a mea. Cântă, Tili ! Cântecul tău este un dar pentru pădure și pentru mine.

Încurajat de Luna, Tili a început să cânte. La început, glasul lui era timid și subțire, dar cu fiecare notă, cântecul său devenea mai puternic și mai clar. Sunetul se răspândea în toată pădurea, plin de bucurie și melodie.

Pe măsură ce cânta, animalele din pădure s-au trezit una câte una. Vulpițele, iepurașii și bufnițele au ieșit să asculte cântecul greierașului. Pădurea era luminată de razele lunii, iar cântecul lui Tili umplea aerul de magie.

La finalul cântecului, toate animalele au început să aplaude, iar Tili a simțit cum inima lui se umple de fericire. Nu mai simțise niciodată o bucurie atât de mare !

Luna i-a zâmbit din nou și i-a spus :
– Vezi, Tili ? Cântecul tău este minunat, iar pădurea e mai fericită datorită lui.

De atunci, Tili nu a mai fost timid.
În fiecare noapte cu lună plină, își cânta melodiile cu inima deschisă, știind că cântecul său aducea bucurie tuturor celor care îl ascultau.

Sfârșit.

A fost odată, sus pe cer, un mic nor pufos pe nume Puffy. Puffy era cel mai somnoros nor din tot cerul. Îi plăcea să plutească ușor și să se lase purtat de vânt, adormind oriunde se oprea...

Într-o zi, când soarele strălucea peste tot orașul, Puffy s-a trezit dintr-un pui de somn și s-a întins, pregătit să se lase din nou legănat de vânt. Vântul cel blând l-a purtat peste câmpuri verzi, dealuri și orașe.

Pe drum, Puffy adormea și se trezea, iar de fiecare dată când deschidea ochii, vedea locuri noi și frumoase dedesubt. Când a trecut peste o pajiște plină de flori, câțiva copii s-au uitat spre el și au început să strige veseli :
– Uite, un nor somnoros ! Poate că va aduce ploaie !
Puffy a zâmbit în sinea lui și a oftat. Era foarte somnoros, dar nu voia să plouă, doar să mai doarmă puțin.

Dar, când a oftat, din el au început să cadă câteva picături de ploaie, ca niște lacrimi mici și strălucitoare.

Picăturile de ploaie au atins florile și iarba, iar acestea au început să strălucească și să crească mai mari și mai frumoase. Copiii au râs și au început să danseze în ploaie, mulțumindu-i lui Puffy pentru răcoarea adusă într-o zi atât de însorită.

Pe măsură ce era purtat de vânt, Puffy a ajuns deasupra unei păduri unde animalele se ascundeau de soare, căutând umbră. Puffy a oftat iar, iar câteva picături au căzut din nou, aducând răcoare pădurii. Frunzele și plantele din pădure s-au bucurat și i-au mulțumit micuțului nor somnoros pentru că le-a răcorit.

Puffy a fost purtat mai departe, până deasupra unui mic sătuc unde oamenii priveau spre cer.

Văzându-l, au spus cu blândețe:
– Oh, ce nor pufos și somnoros ! Poate că va aduce un pic de ploaie pentru grădinile noastre.

Puffy a oftat din nou, iar o ploaie mică, dar plină de răcoare, a căzut asupra grădinilor. Plantele din grădini au crescut fericite, iar oamenii s-au bucurat de ploaia binevenită.

După ce a adus bucurie și răcoare tuturor, Puffy s-a lăsat purtat de vânt până la apusul soarelui. Acolo, vântul l-a așezat pe un colț de cer liniștit, unde Puffy a adormit fericit, știind că, deși era doar un nor somnoros, răcorise întreaga lume.

Și astfel, micuțul Puffy a adormit cu un zâmbet pe chip, visând la toate locurile frumoase pe care le vizitase.

Sfârșit.

A fost odată, sus pe cerul întunecat, o mică stea strălucitoare pe nume Stella. Stella era o stea visătoare, căreia îi plăcea să privească în jos la Pământ și să se întrebe cum ar fi să trăiască acolo, printre copaci și flori...

În fiecare noapte, Stella se uita cu drag la pajiștile verzi, la râurile strălucitoare și la luminile micuțe ale caselor. Își imagina cum ar fi să alerge prin iarba moale sau să adoarmă sub ramurile unui copac.

Într-o seară specială, când cerul era mai senin ca niciodată, o rază magică de lumină s-a așternut asupra Stellei, iar o voce blândă a început să-i vorbească.
– Bună, micuță stea visătoare, a spus vocea. De mult timp te privesc și știu că ți-ai dorit să cobori pe Pământ. În această noapte, dorința ta se va împlini. Vrei să vezi lumea de aproape?

Stella era uimită și plină de bucurie. A acceptat fără să stea pe gânduri și, într-o clipă, s-a trezit plutind ușor spre pământ, într-o mică lumină strălucitoare.

Când a ajuns pe Pământ, Stella s-a așezat într-o poiană plină de flori. Era atât de frumos ! Steaua putea simți mirosul dulce al florilor și răcoarea ierbii sub lumina lunii. Animalele din pădure au ieșit să vadă cine era această lumină fermecătoare care le lumina noaptea.

O vulpiță curioasă s-a apropiat și a întrebat :
– Cine ești tu și de ce strălucești așa de frumos ?
– Eu sunt Stella, o stea de pe cer, și am coborât să văd lumea voastră minunată, a răspuns Stella cu un zâmbet.

Animalele din pădure au fost încântate de vizita Stellei și i-au arătat toate locurile speciale din poiană.

Au dansat sub cerul înstelat, iar cântecul greierilor a făcut ca noaptea să pară și mai magică. Stella se simțea mai fericită ca niciodată.

Pe măsură ce noaptea înainta, Stella a simțit cum începe să fie trasă ușor înapoi spre cer. Vocea magică i-a spus :
– E timpul să te întorci, micuță stea. Dar nu uita, poți să te întorci în poiana ta oricând vei dori. Ori de câte ori strălucești pe cer, animalele din pădure își vor aminti de tine.

Stella a dat din cap și, cu o sclipire de lumină, a fost ridicată înapoi pe cer. De atunci, în fiecare noapte, Stella privea cu drag poiana și își amintea de noaptea magică petrecută pe Pământ.
Și astfel, steaua visătoare a rămas mereu alături de prietenii ei din poiană, strălucind pentru ei în fiecare noapte.

Sfârșit.

ARICIUL ȘI
COMOARA TOAMNEI

A fost odată, într-o pădure frumoasă și liniștită, un arici pe nume Mico. Mico era foarte harnic și știa că iarna avea să vină curând, așa că trebuia să își pregătească proviziile...

Într-o dimineață rece de toamnă, Mico a ieșit din bârlogul său și a început să caute nuci, fructe de pădure și frunze uscate, tot ce avea nevoie pentru a avea o iarnă confortabilă. Mergea cu atenție prin frunze și își umplea mica lui desagă cu tot ce găsea.

Pe drum, Mico a întâlnit o veveriță jucăușă, care alerga de colo-colo cu o ghindă în gură.

– Bună, Mico ! Ce faci ? a întrebat veverița.

– Bună, Vicky ! Mă pregătesc pentru iarnă. Trebuie să găsesc suficiente provizii, a spus ariciul.

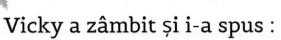

Vicky a zâmbit și i-a spus :
– Și eu mă pregătesc ! Am găsit o ascunzătoare cu multe ghinde sub un copac mare. Vrei să-ți arăt ?

Mico a acceptat cu bucurie, iar Vicky l-a dus la copacul cu ghinde. Mico și-a umplut desaga și i-a mulțumit veveriței.

– Mulțumesc, Vicky ! Acum voi avea destule provizii pentru iarnă ! Și, când vine primăvara, te voi ajuta și eu să găsești cele mai proaspete frunze și muguri.

Vicky a râs veselă și i-a răspuns :
– Așa facem, Mico ! În pădure, prietenii adevărați se ajută mereu unul pe altul.

Pe drumul de întoarcere, ariciul a întâlnit un iepuraș care părea neliniștit...

– Bună, Mico ! Îmi poți împrumuta câteva frunze uscate ? Eu nu am avut timp să adun prea multe, iar iarna vine curând.

Mico s-a gândit puțin și i-a dat iepurașului câteva dintre frunzele sale uscate și a spus :

– Sigur, iepurașule. Iarna este lungă și grea, dar ne putem ajuta unul pe altul !

În acea seară, ariciul s-a întors acasă fericit și linistit, că are toate proviziile necesare pentru iarnă. Chiar dacă a împărțit o parte din ele, știe ca prietenii din pădure, îl vor ajuta și pe el la rândul lor, dacă va avea nevoie.

Astfel, ariciul a intrat în bârlogul său, pregătit pentru iarna cea geroasă.

Sfârșit.

URSUL ȘI ALBINELE DIN PĂDURE

A fost odată, într-o pădure deasă, un urs pofticios pe nume Bruno. El era cunoscut pentru dragostea lui pentru miere și, într-o zi însorită de vară, a decis să caute un stup de albine pentru a gusta puțin din dulceața lor...

Bruno știa că albinele erau foarte muncitoare și că își protejau cu atenție stupul. Însă, pofta de miere era prea mare, așa că s-a dus spre o poiană unde auzise bâzâitul albinelor.

– Bună ziua, albinelor ! a spus Bruno, încercând să fie politicos. Aș putea să iau puțină miere ? Doar o linguriță !

Albinele s-au oprit din zbor și una dintre ele, o albină mai mare și înțeleaptă pe nume Regina, a zburat până la Bruno.

– Bună, ursule ! Noi muncim mult pentru a face mierea și nu putem da oricui din ea. Dar dacă ne ajuți cu câteva lucruri, îți vom da o mică parte, a spus Regina.

Bruno a fost surprins, dar era dispus să ajute. Regina i-a explicat că unele flori din apropiere aveau nevoie de apă și că, dacă el le va aduce niște apă din râu, albinele vor putea să-și termine mierea mai repede.

Ursul cel pofticios s-a apucat de treabă, mergând până la râu și aducând apă în labele lui mari. A fost o muncă grea, dar, în cele din urmă, florile au fost udate, iar albinele și-au terminat munca.

La finalul zilei, Regina s-a întors la Bruno cu un fagure mic plin cu miere.
– Mulțumim, Bruno ! Iată, poți să guști mierea noastră. Ne-ai fost de mare ajutor !

Bruno a gustat mierea dulce și parfumată și s-a simțit foarte fericit. De atunci, a înțeles cât de important este să muncești pentru ceea ce îți dorești și că, uneori, prietenia se face prin ajutor și colaborare.

Sfârșit.

RATONUL GURMAND ȘI IEPURAȘUL

A fost odată, într-o pădure liniștită, un raton curios și pofticios pe nume Roni. Roni era cunoscut în toată pădurea pentru dragostea lui de a gusta din toate bunătățile pe care le găsea...

Într-o zi, Roni s-a trezit cu o poftă uriașă de mâncare. A pornit prin pădure în căutarea bunătăților pe care știa că toamna i le oferă cu generozitate. În scurt timp, a găsit o tufă plină de mure coapte și zemoase și, fără să stea pe gânduri, a început să le mănânce.

– Yum, ce bune sunt ! a exclamat Roni, mâncând până la ultima mură.

Dar după ce a terminat toate murele, Roni și-a simțit burtica grea și a început să se întrebe dacă nu cumva mâncase prea mult.

Pe drum, Roni l-a întâlnit pe un iepuraș mic și jucăuș pe nume Boni, care aduna câteva frunze verzi și crocante pentru a le duce familiei lui.

– Bună, Roni ! Ce faci ? a întrebat iepurașul cu un zâmbet prietenos.

– Oh, am mâncat o mulțime de mure și acum mă cam doare burta, răspunse Roni, oftând.

Boni s-a uitat la raton și i-a spus:
– Știi, Roni, e bine să mănânci cu măsură. Nu trebuie să mănânci tot dintr-o dată. Eu adun câteva frunze pentru familie și mă asigur că rămâne destul și pentru alte zile.
Roni s-a gândit la cuvintele lui Boni, dar pofta lui era greu de stăpânit. Când a găsit o mică grămadă de ghinde, a început să le ronțăie una câte una, până le-a terminat.

Boni s-a apropiat din nou și i-a spus :
– Roni, poate dacă te oprești din când în când, nu vei mai avea burtica grea și vei putea savura mâncarea mai mult timp.

Roni a dat din cap și a hotărât să încerce sfatul iepurașului. Mai târziu, a găsit o tufă plină de afine și, de data aceasta, a mâncat doar câteva, păstrând restul pentru a doua zi. Spre surprinderea lui, burtica nu îl mai durea, iar el se simțea mai ușor și mai fericit.

– Mulțumesc, Boni ! Acum am înțeles. Când mănânci cu măsură, te bucuri mai mult de toate bunătățile pădurii, a spus Roni cu un zâmbet.

De atunci, Roni a învățat să fie cumpătat și să împartă din roadele pădurii cu ceilalți. Iar el și Boni au devenit prieteni buni, împărțind de fiecare dată ce găseau și savurând împreună fiecare delicatesă.

Sfârșit.

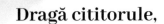

Dragă cititorule,

Am ajuns la sfârșitul acestei călătorii minunate prin lumea poveștilor de noapte bună. Sperăm că fiecare poveste ți-a adus un zâmbet, un vis frumos și că ți-a încălzit inima. Ori de câte ori vei deschide din nou această carte, te vor aștepta prieteni noi și aventuri fermecate, gata să îți fie alături la culcare.

Noapte bună și vise pline de magie !

Dacă ți-au plăcut aceste povești de noapte bună, te invităm să descoperi și alte cărți din colecția noastră, pline de aventuri magice și prieteni noi, pregătite să transforme fiecare seară într-o călătorie spre vise frumoase.
Ne-ar face plăcere la fel, să aflăm cum au fost primite poveștile de către micii cititori – lăsați-ne o recenzie și împărtășiți-ne din magia lecturilor voastre de seară !

Made in the USA
Columbia, SC
22 November 2024

ddc578cb-a94a-449c-9051-5b1abe4857b6R01